사랑을 노래하리

이은석 시집

시음사
시사랑음악사랑

정직과 신뢰를 주는 이은석 시인

문인, 작가, 글쟁이, 수필가나 소설가 시인 중에서 가장 상상력을 많이 가져야 하는 분야가 바로 시일 것이다. 시를 쓴다는 것은 그만큼 아름다운 마음과 세상을 보는 통찰력 그러면서도 인간의 사상과 정서를 표현할 줄 알아야 한다. 유기적 구조를 지닌 운율적 언어로 형상화한 작품을 한 편 만드는 일을 하는 사람을 시인이라 부르기 때문일 것이다. 물론 시인이 혼을 다해 집필한 작품이라 하여도 독자가 이해하지 못하고 공감하지 못한다면 혼자만의 독백이 될 것이다. 이처럼 어려운 시문학을 이해할 수 있고 또 시만이 가지고 있는 아름다움까지 감상할 수 있는 작품집을 소개하고자 한다.

평생 군 생활을 한 이은석 시인이 사물을 표현함에 있어 가장 아름답고 인상적이면서 슬기롭고 효율적인 방법으로 표현한 작품집 "사랑을 노래하리"를 들고 세상의 독자 앞에 서려 한다. 이은석 시인의 첫 시집에는 시인의 메시지가 함축적 의미와 비슷한 느낌을 주는가 하면 이은석 시인이 독자에게 어떤 말을 해 주고 싶은 것인지를 보여주려 하고 있다. 詩가 어떤 감성과 사상, 느낌을 독자에게 주는 것이라면 독자가 시를 읽고 작은 감흥이라도 일어날 수 있어야 그것이 문학작품의 詩가 될 수 있다는 것을 시인은 한 권의 시집에서 보여주려 하고 있다. 이은석 시인의 가장 자랑은 정직함이다. 마음에 거짓이나 꾸밈이 없이 바르고 곧음을 뜻하는 단어 정직한 시인이라 하고 싶은 시인이다. 첫 시집 "사랑을 노래하리"로 인해 많은 독자의 사랑과 관심받을 것이라 믿으며 기쁜 마음으로 추천한다.

사단법인 창작문학예술인협의회 이사장 김락호

♣ 목차

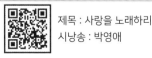

QR 코드 | 스마트폰으로 QR 코드를 스캔하면 시낭송을 감상할 수 있습니다.

제목 : 사랑을 노래하리
시낭송 : 박영애

제목 : 묵향
시낭송 : 박영애

♣ 목차

QR 코드 스마트폰으로 QR 코드를 스캔하면 시낭송을 감상할 수 있습니다.

제목 : 어우렁더우렁
시낭송 : 최명자

제목 : 살며 사랑하며
시낭송 : 박영애

♣ 목차

QR 코드 스마트폰으로 QR 코드를 스캔하면 시낭송을 감상할 수 있습니다.

제목 : 초록의 환희
시낭송 : 박영애

제목 : 그리움 담아
시낭송 : 박영애

사랑을 노래하리

드높은 하늘에 푸른 꿈을 펼치며
젊음을 다 바쳐 정성으로 지킨 시간 돌아보니
내 삶의 흔적은 비행운(飛行雲)처럼
푸른 하늘을 하얗게 수놓았다

밤하늘 별빛이 묻는다
무엇을 위해 긴긴 세월 수놓았느냐고

하늘을 지나는 구름이 묻는다
그 길을 후회하지 않았느냐고

나는 말하리라
젊음을 다 바친 위국헌신의 삶은
보람이며 영광의 길이었다고
그리고 아직도 사랑하고 있다고

하늘을 하얗게 수놓았던 삶처럼
이제 언덕 위에 푸른 솔이 되어
훨훨 날갯짓하며 노래하는 새들을 보듬고 춤추며
다 함께 사랑을 노래하리라

제목 : 사랑을 노래하리
시낭송 : 박영애
스마트폰으로 QR 코드를 스캔하면
시낭송을 감상할 수 있습니다.

6

꿈길

저녁 식사와 함께
곁들이는 소주 한 잔은
하루의 피로를 지우고

둘이 걷는 밤길은
예쁜 별 무리 길잡이 삼아
행복의 나라로 향해 갑니다

숨소리만 들어도
가슴에 간직한 이야기 읽을 수 있고

손길만 닿아도
마음속 수많은 생각 느낄 수 있는
둘만의 산책길

함께 걷는 겨울 밤길은
말없이 이야기 나누는 꿈길이지요

무심천

여유 가득한
힘찬 페달 밟는 소리를
무심천가 풀잎이
하늘하늘 반기고

두 손 꼭 잡고 걷는
노부부의 다감한 미소를
무심천 물결이
포근하게 감싸 안으며

굵은 땀방울 떨구는
마라토너의 거친 숨소리를
무심천 골바람이
말없이 응원하고

뭇 군웅들의
왁자지껄 삶의 소리를
무심천 갈대들의 하모니로
보드랍게 품어낸다

우산 속의 사랑

우산 속 두 사람
짜릿함은 덜해도
깊은 사랑은
묵은지 맛과 같은 것

옛날 옛적의
추억을 생각하며
우산 속 데이트를 즐겨 봅니다

아픈 추억 없진 않았겠지만
예쁜 기억들 속에
빗방울 소리조차 잊었습니다

추억도 사랑이고
빗방울 소리도 사랑이며
침묵 속의 눈빛 교감도
사랑이랍니다.

바다의 품

끝없이 펼쳐진 수평선
하늘에는 두둥실 흰 구름
바다에는 일렁이는 파도
그 경계 어디이더냐

힘차게 밀려오는 물결
하얗게 부서지는 포말
온갖 번뇌 온갖 시름
쓸어버릴 듯하구나

백사장에 구름처럼 운집한
수많은 사람의 얼굴 얼굴에
활짝 피어난 웃음꽃

무엇이 슬픔이었고
무엇이 아픔이었더냐

봄비

노오란 산수유 꽃이 빗속에 떨고 있네요
매실 꽃봉오리 터질 듯 부풀어 올라
반갑게 인사하고 있네요

톡톡 빗방울 노크하는 창가에 앉아
진한 커피 향과 함께
희망으로 가득 찬 앞뜰과
도란도란 이야기 나누고 있는 지금

봄비 장단에 맞춰
내 마음은 어린 시절 꿈 키우던
고향 하늘로 날아갑니다.

아버지!

아버지
사랑하는 아버지
당신의 모든 생을
자식들 안녕 위해 살다 가신 아버지

태산보다 높은 사랑
아직도 그 깊고 깊은 사랑 갈망하는데
어인 발걸음
그리도 재촉하셨나요

저희는 아버지께 드릴 사랑
아직 꺼내 보이지도 못했는데
어인 발걸음
그리도 재촉하셨나요

평안히 영면에 드신 모습에
그나마 다행이라 생각하는 불효자를
용서하실는지요

이생에서의 근심 걱정 모두 내려놓으시고
다음 생은 아버지 행복과 건강 위한
삶이시길 간곡히 원합니다

아버지 나의 아버지

새 생명의 탄생

분만실로 향해가는 민정이
뒷모습의 넉넉함이
사랑스럽기만 하단다

두려움을 떨치고
살포시 미소 짓는 네 모습에서
평온함이 느껴진단다

힘차고 날카로운 울음소리가
청아의 탄생을 알리고
손가락 열 개 발가락 열 개를
세어주는 간호사의 목소리와 함께
또렷한 이목구비를 보며
청아의 건강함을 확인한다

청아와의 첫 만남은
이렇게 큰 희열의 일렁임으로
창빈이의 그 마음을 대신하고 있음에 미안하고
새 생명의 탄생을 가까이 축복할 수 있음에
고마움이 교차한단다.

빗속의 질주

변덕스러운 날씨에
장대 빗속의 무심천 길을 달립니다
얼굴을 때리는
빗방울이 따갑고 아프지만
늘 밝게 웃던 마마님이
계속되는 후줄근한 날씨에
어두워져만 가고
춥다 덥다를 반복하며 땀 속에서 헤매는
그 아픔을 대신할 수 있다면
이깟 빗방울 할큄의 아픔쯤이야
부드러움이요 시원함일진대
몇 시간을 달린다 해도
마마님의 환하게 웃는 얼굴 아닌
그 무엇이 있어 멈추게 할 수 있으리오.

장마

초복인 오늘
잠시 비추던 햇살
슬며시 구름 뒤에 숨고
어김없이 떨어지는 빗줄기는
가느다란 풀잎을
얄궂게도 희롱하네요

풀잎에 맺힌 물방울은
더없이 영롱하다만
농부님들 마음은 까맣게 타고 있는데
뉘 있어 좋아라 만 할 수 있으리오.

날궂이

무더위가 시작된다는 소서인 오늘
하늘이 굵은 땀방울을 흘리는 탓에
우리는 덥지 않게 보낼 수 있어 다행입니다

훼방꾼 때문에 야외 운동을 포기하고
모처럼 골프 연습장에 들러
가볍게 몸을 풀어봅니다

때마침,
김치전에 막걸리 한 잔 권하는
마마님의 예쁜 센스로
맛난 날궂이와 함께 사랑은 깊어만 갑니다.

야간 테니스

라이트 불빛 아래에서 펼쳐지는
힘찬 스트로크는 시원한 밤공기 뚫고
두 사람의 찰떡 호흡은
환상적인 경기를 이끌어 갑니다

이마에 흐르는 굵은 땀방울이
눈을 따갑게 하지만
통쾌한 포인트에
가쁜 숨을 뿜어냅니다

갖가지 뒷얘기와
웃음 속에 오가는 막걸릿잔에
오늘 밤도 깊은 정을
한 올 한 올 엮어 갑니다.

행복의 길

오늘 밤 산책길은
참으로 행복하네요

밤하늘에 반짝이는 은방울들은
더없이 밝게 빛나고
밤바람에 출렁이는
볏 잎 물결 아름답네요

하늘이 참 맑다고 되뇌는
마마님 모습이 해맑고 예쁘네요

저 볏 잎 물결 따라
저 밝은 은방울 손짓 따라
오늘 밤,
행복의 나라로
사랑의 나라로 한없이 날아갑니다

논두렁길의 데이트

두 손 꼭 잡고
논두렁길을 걸어 봅니다.
농수로에 우렁이가 많이도 있네요

두어 그릇 잡아다가
우리 논에 옮겨놓고
풀 먹으라고 이릅시다

행복한 데이트도 즐기고
물꼬도 살펴보며
마음 나누는 논두렁길에서
대풍 오길 또한 빌어 봅니다

테니스장의 풍경

좀 이른 퇴근
얼른 저녁 먹고
테니스장으로 내달립니다

실력이 고만고만하여
버거운 개임으로 흠뻑 흘린 땀과 함께
정담을 나눕니다

어~허,
한 개임은 더해야 몸이 풀릴 텐데
갑자기 비가 쏟아집니다

급한 대로 옆 식당에 옹기종기 모여 앉아
한 잔 두 잔 주고받는 술잔과 함께
오늘도 행복의 나래를 펼쳐갑니다

논두렁길

울 자기 손 잡고
논두렁길을 거닙니다

맑고 높은 하늘과
시원한 바람을 친구 삼아
논두렁길을 거닙니다

아이들과 우리의 내일에 대한
이야기 소곤대면서
논두렁길을 거닙니다

까만 밤 논두렁길의 두어 시간은
짧기만 하네요

단비

무더위가 한풀 꺾일 듯
장맛비가 오락가락하네요

오래 기다리던 단비가 내려
마른 대지를 적시고 있네요

며칠 후면 "이 지긋지긋한 비"라고
말할 수도 있겠지만
고마운 단비가 내리고 있네요

애타게 기다리던 비인지라
농부님들 얼굴 환히 밝아짐에
반가울 따름이지요

무심천 길

까아만 밤에 무심천 길을
혼자 걸으며
그냥 웃어 봅니다

하늘에 반짝이는
별도 예쁘고
달도 예쁘고
구름도 웃고 있네요

찰랑찰랑
조용히 흐르는
무심천 맑은 물도 웃고 있고요

살랑살랑
바람에 흔들리는
푸른 갈대들도 웃고 있네요

모두가 활짝 웃는 시간이길 소망합니다.

무늬만 농부

때를 놓친 듯하여
사알짝 회사 일 미뤄두고
매실 밭으로 달려갑니다

정성 들여 가꾸지는 못했지만
그래도 생명인지라
많이도 달렸네요

이제 삼 년 차
열매 달린 나무보다
달리지 않은 나무가 더 많지만
거두는 재미는 쏠쏠합니다

작년에도 같은 생각 했었지만
올가을엔 거름도 듬뿍 주고
내년엔 소독도 하며 정성을 다하자고
또다시 다짐해 봅니다

한천지

유월 초나흘 날
공주 한천지에
낚싯대 드리웁니다

일렁이는 물결과
깊은 침묵을 벗 삼아
찌만을 주시합니다

산골의 맑은 공기와
시원한 골바람은
더운 마음마저 달래주네요

멈춘 듯한 시간과
호수의 고요함은
무념의 세계로 함께 가자 하네요.

보자꾸나

보고 싶구나
가냘픈 너의 모습
보고만 싶구나

견우와 직녀인 양
일 년에 한 번은
널 보았으면 좋으련만

이 산 저 산 헤매어도
너의 모습 찾아볼 수 없으니
어디로 가야 만날 수 있으려나
어여쁜 천마야

나래 펴고

조용하고
평온한 빗방울이
유월 첫날을 마중합니다

창문을 토닥이는
빗방울 소리가 정겨웁네요

내를 이룬 빗물이
살래살래 흐르는 모습 또한
정겨웁지요

커피잔에
살포시 띄워 놓은 내 마음도
고운 향 따라 나래를 펼칩니다

날도 저무는데

여보!
갔다 오리다
나도 갈까요
아니, 아니요

파릇파릇
옥수수 강낭콩
많이도 컸네요

쉬엄쉬엄해요
그럴까요
날도 저물었는데
내일 또 인사합시다.

정겨운 들판

줄 띄워!
모 가져와!
어얼씨구 어얼싸~~
흥겨운 소리 사라진 들판

트랙터 소리
이양기 소리
각종 기계음이
대신하는 들판이지만

김 씨 박 씨~~
이 선 새 엥~~
막걸리 한잔하이소~~~

아직은 정겹기만 한 들판입니다

아버지 기일에

음복주 한 잔에
옛 생각으로 시간을 거스릅니다
많은 시간이 흘러갔지만
가슴에 묻어둔 아린 마음마저
가리지 못함은
그 큰 사랑에
보답하지 못한
아픈 심정 때문이겠지요

꽃잎

얄궂은 빗방울과
세찬 바람에
고개 숙인 가냘픈 꽃잎아

따사로운 햇살 애타게 그리며
눈물짓는 애처로운 꽃잎아

모진 아픔
온갖 희롱 이겨내고
밝게 웃어보자꾸나
어여쁜 꽃잎아

여름 휴가

늘 함께 하는
이웃과 나서는 여름휴가

서해대교를 건널 즈음
한 치 앞을 볼 수 없을 만큼
퍼붓는 폭풍우에 긴장한다

하지만 몇 시간 후 도착한
신두리 바닷가에선
너무도 평온함에 다시 한번 놀란다

길게 펼쳐진 아름다운 해변이
가슴을 활짝 펴게 함은
자연의 힘이런가

올여름도 건강을 소망하며
조용히 모랫길을 밟아본다

정

시간이 늦었는가요
굳이 시간을 헤아릴 이유가 있는 건가요

막걸리가 있고
몇 점의 술안주가 있어
행복한 시간인걸요

"밖엔 비가 오고 있어서" 라고
이유를 덧대야 하는 건가요

마음이 오가고
진한 정 듬뿍 담긴 한 잔 술 있으면
족한 것을요

첫눈

하얀 꽃송이 춤을 춥니다
모든 이의 소망을 담았는지
소담스런 꽃송이 끊임없이 내립니다
모든 허물
모든 시련
하야케 덮을 듯이
소복하게 쏟아놓네요

쉼

쓰레질에
모내기에
분주했던 손길

새싹 움틈의 신비함과
푸르러 감을 바라보던
작은 미소

병충해와의 치열했던 싸움
태풍이라도 올까
애 끓이던 마음

언제 바빴고
언제 시름을 겪었으며
언제 힘들었던가

누렇던 들녘도
이제 공허함에
쉼의 의미를 되새기게 합니다.

파도 벗 삼아

이십여 년 함께해온 살가운 사람들
우리를 실은 차는 힘겨운 줄 모르고
안개 자욱한 고속도로를 내달립니다

오순도순 정담 나누며
때론 짓궂은 농담으로 삶을 이야기하며
웃음꽃이 멈추지 않네요

조금 후면
서해 무녀도 해상에서 배낚시 하며
소주 한 잔의 흥겨움에 콧노래 부르겠지요

썰 물때면
물 빠진 바닷가에서 조개 줍고
낙지 잡는 즐거움에 시간도 잊겠지요

이렇게 이번 주말은
해무와 해풍과 파도 벗 삼아
시간을 낚으려 합니다.

염려

엊저녁 오간 정에
아직도 취기를 느끼는
아름답고 고요한 섬
무녀도의 아침입니다

저 멀리
다리를 연결한다고 소란스러움은
머지않아 이 섬의 고요함과 아름다움을
앗아 가겠지요

섬 투어 시작한다고
부르는 소리 가까이 들림에
염려스러운 마음 접어두고
발길을 재촉합니다.

여독

며칠의 여행으로 인한
여독이 풀리지 않았음인지
몸은 무겁게 느껴지고
눈까풀은 내려오겠다고 아우성입니다

또다시 일상으로 돌아왔으니
힘찬 월요일을 시작하자고 하는
머릿속의 속삭임을
몸이 적극적으로 거부하는 오전
"행복은 좋아하는 일을 하는 것이 아니라
지금 하는 일을 좋아하는 것"이라는
어느 스님의 말씀을 되뇌며
기지개를 크게 하고
책상 앞으로 다가섭니다.

행복

흰 파도 헤치고 나가노라면
푸른 바다 한가운데
낚싯대 드리운 여유가 있지요

아들 사위와 해풍 벗 삼아
소주 한잔 나누는 즐거움을
세상 무엇과 견주리까

그만 돌아가자 재촉하는
눈치 없는 선장님이
야속할 따름이지요

또 이렇게
다음을 기약하며
속세로 돌아옵니다

행복

흰 파도 헤치고 나가노라면
푸른 바다 한가운데
낚싯대 드리운 여유가 있지요

아들 사위와 해풍 벗 삼아
소주 한잔 나누는 즐거움을
세상 무엇과 견주리까

그만 돌아가자 재촉하는
눈치 없는 선장님이
야속할 따름이지요

또 이렇게
다음을 기약하며
속세로 돌아옵니다

이별

출근길
가로수 단풍이
참으로 예쁘게 물들고 있네요

며칠 후면
이 예쁜 잎새도 함께한 가지와
이별을 해야겠지요

인연 따라 왔다
인연 따라 가는 것이
인생이라 하거늘

인연의 끝은
늘 진한 아쉬움이
가슴 저미게 하네요

쉬어가자

회색빛 하늘과
떨어지는 빗방울에
소리 없이 녹아드는
시월의 마지막 날

빈틈없이 채워졌던
저 들녘도
비움의 여유를 즐기는 듯하고

짙푸른 녹음의 무게를
서서히 내려놓고 있는
우리네 산야도
쉬어가자 합니다

바쁘게 달려왔던
지난날들을 돌아보며
잠시 호흡을 고르자 함은
성급한 생각일는지요

희열

다소 쌀랑함을 느끼며
아직은 어두운 밤길을 따라
수영장에 들어섭니다

발차기와
자유형 배영 평영 접영을 마치면
가쁜 숨이 목 언저리에서
꼴깍꼴깍합니다

하지만 수영장을 나서며
바라보는 하늘과의 교감!
상쾌함을 넘어 희열이 온몸으로 번져옵니다

이렇게 시작하는 오늘도
작은 행복 속에 머물기를 소망합니다

자연의 여유

파아란 하늘이
한껏 여유 머금은 뭉게구름으로
예쁘게 단장을 하고

구름 사이로 내뻗치는
시린 빛줄기는
자연의 신비를 이야기합니다

살갖에 닿는 찬 기운에 놀라고
머리카락 날리는 거센 바람이 야속하지만

저 하늘과
저 구름과
저 자연의 한없는 여유를
온전히 느끼고 싶은
십일월의 오후입니다

그리운 녀석들

슈~우~웡
슈~우~웡
반가운 카톡이 날아듭니다

머나먼 적도의 나라
콩고에 사는 사위와 딸
그리고 손자 녀석들

여덟 시간의 시차 때문에
늘 오후 세시가 되면
반가운 소식 전하는
카톡 소리 바빠집니다

멀리 있어
보고 싶을 때 볼 수 없음에
더 그리운 아이들

오늘도
보내온 사진과 동영상 보며
커가는 모습을 응원합니다

축복

점심 식사 후
가경천 둘레길의 아름다움 속으로
천천히 걸어봅니다

냇가 따라 이어진 가로수 단풍이
한 폭의 그림인 양
마음을 설레게 합니다

살포시 불어오는 바람에
살랑살랑 춤추는 낙엽도 예쁘고

가지 위에 앉아 지저귀는 새소리도
자연 속에 있는 듯
정겹게 다가옵니다

머리 위 파아란 하늘과
빛나는 태양은
우리의 삶을 축복합니다

어우렁더우렁

볼에 스치는 찬바람이
몸을 움츠리게 하는
정동진 바닷가에서
머~언 바다를 바라봅니다

검푸른 수평선과 파란 하늘의 만남
어디가 바다고
어디가 하늘인가요

모두가 평온함을 간직한 체
잘도 어우러져 있음에
나눔을 생각함이 부질없을 뿐

우리네 사람들도 서로를 품어
고운 정 어우름이 어떨는지요

제목 : 어우렁더우렁
시낭송 : 최명자

스마트폰으로 QR 코드를 스캔하면
시낭송을 감상할 수 있습니다.

48

젊음을 위해

야속한 자명종 소리에 갈등이 시작됩니다.
일어나라는 소리와 '조금만 더'란 마음이 갈등합니다

아직 한밤중인 듯
네온 불빛도 없는 깜깜한 길을 따라
수영장에 들어섭니다

힘찬 발차기와 몸놀림으로 풀장이 출렁이고
콧속으로 밀려드는 얄궂은 물에
놓았던 정신 번쩍합니다

팔 세 번 젓고 숨쉬기
얼굴 내밀고 자유형 하기
너무 익숙하고 쉬울 것 같던 평범한 동작에
새벽의 주린 배를 찝찝한 물로 채워갑니다

짧은 낮 긴 밤
추워지는 날씨 탓이려나
레인이 한없이 길어 보이지만
그래도 젊음을 얻어 가렵니다

갈색의 여유

포근하게 비추는 햇살
갈댓잎 간질이는 소슬바람
여울 이는 냇물 벗 삼아
무심천 길을 달립니다

파크골프 즐기는 사람들
게이트볼에 빠져든 어르신들
아~자~, 에~고~
감탄사 연발에 훈훈함이 전해집니다

물 위에 떼 지어 노니는 청둥오리의
날갯짓과 어우러짐의 평온함에
발길을 늦추어 봅니다

힘찬 성장은 멈추었지만
여름의 녹음 또한 잃었지만
갈색의 여유는
곳곳에서 환한 미소를 선물합니다.

상처받은 동심

가로등 불빛에 비치는
눈 내리는 모습이
참으로 아름답네요

살포시 내리다가
강한 바람에 흩날리고
회오리치기를 반복하는 모습에

동심으로 돌아가고픈 마음
뛰놀고 싶은 마음
달뜬 마음을 감출 수 없네요

하지만 오래지 않아
볼을 에는 듯한 칼바람에
살며시 갈무리하고 돌아섬은

메마른 가슴 탓일까요
세월의 흐름을
거역할 수 없음인가요

하얀 마음

소리 없이 눈이 내린다
온 세상이 하얗다
내 마음도 하얗다
뭇 사람들의 마음도 하얄 것이다
모두가 하얗겠지

한 잔 술은 몹시도 하얗다.

새해 소망

새해 첫날
희망찬 태양이
찬란하게 떠올랐네요

모두가 꿈꿀
예쁜 바램과
벅찬 소망을 담고

모두가 건강하기를
늘 미소와 함께하기를
조금씩 앞으로 나아가기를

언제나 새로움과 함께
동행하는 주변과 함께
때론 작은 여유와 함께

지루함과 허무를 잊은
활기와 기쁨 가득한
한 해가 되기를 소망합니다.

또 한 해를 보내며

새 생명의 탄생으로
반가움과 기쁨에 한없는 행복이었고

서예 수영 풍물 등
새로움에 대한 열정에 시간을 잊었으며

테니스 골프 자전거 벗 삼아
심신을 일깨우며 건강을 추구했었지

마음을 같이하는
여러 그룹의 지인들과 세상사를 논하며
숨 가쁘게 달려온 한 해의 끝자락에서
하늘을 올려 봅니다

무엇이 있어
우리를 아프게 할 수 있겠으며
또 그 무엇이
우리를 웃게 하는 것인지

온갖 희로애락은
우리 마음속에 온전히 있음에
함께 나누는 모든 인연을
보석처럼 보듬어

새해엔
늘 밝은 마음으로
큰 웃음 꽃피우기를 소망합니다.

도명산

짙은 잿빛 하늘이 시샘하지만
도명산을 향하는 발걸음 가볍습니다

산길 따라 흐르는 계곡물 소리와
사방에서 들리는 산새들의 지저귐은
마음을 한없이 편안케 합니다

사람들 발길에 돌출된 뿌리의 안쓰러움
바위 위에 홀로선 청송의 신비함
늠름한 모습의 학소대
저 높은 바위에 새겨진 마애삼존불
시시각각 변하는 대자연을 벗 삼아 천천히 오릅니다

정상에 올라 드넓게 펼쳐진 경관을 바라보며
한없이 가벼워지는 가슴 활짝 열고
모두의 건강과 꿈을 빌어 봅니다.

이 봄엔

눈을 떠도 또 감아도
봄 오는 소리 힘차게 들려옵니다

비닐 뚫어 마늘 양파 꺼내주는
농부님들 손길에서

새벽 등굣길 학생들의 넓어진 어깨와
가벼워진 옷깃에서

시냇가 흐르는
맑고 고운 물소리에서
봄 오는 소리 힘차게 들려옵니다

이 봄엔
어떤 흔적 남겨 볼까나

포근한 여유 한 점
따스한 정 한 점
흔들리지 않을 의지 한 점

앙증스런 미소

하루하루 빠르게 커가는
재치 넘치는 이쁜 재아

우리말과 불어가 뒤섞인 듯
특이한 억양이 매력적인 귀여운 재아

늘 밝게 웃는 모습
항상 건강한 모습
언제나 새로운 모습

모든 사진 속에서
일상을 담은 동영상에서
언제 들어도 밝은 목소리

"할아버지는 재아가 제일 좋아" 하면
"재아도 할아비가 젤 좋아요" 하며
앙증스레 미소 짓던 모습

그런 네 모습이
언제나 눈앞에 아른거리는구나!

나들이

춘삼월 초하루의 나들이
바람도 좋고
봄볕도 좋고
대청호수도 좋아라

저 멀리 산 위에 보이는 절도 좋고
마음 나누는 동행인도 좋고
파란 하늘의 여유 또한 좋구나!

부소산성

아래로 내려다보이는
백마강을 벗하며
부소산성 길을 걷는다

아름드리 소나무와
지저귀는 새소리
날렵한 다람쥐 움직임

사비길
사자루
백화정
모두가 아름답고
모두가 여유롭건만

여린 꽃잎이 떨어지며
흘린 아픈 눈물을
낙화암은 기억하겠느뇨

고란사의 불상만이
짧은 역사와 젊은 넋을
위로하는구나!

무심천의 아침

회색빛 나지막한 하늘 아래에
펼쳐진 감미로운 모습

연분홍빛 벚꽃 뭉게구름
노오란 개나리 빗살무늬 구름
그 속에 꿈틀대는 사람들의 움직임

잔잔하게 흐르는 무심천의 냇물과
천변 갈대의 조화

마냥 포근하고
꿈길 같은 모습의 무심천에서
사월 초엿새의 아침 행복에 젖는다.

별 따라

파도 출렁이는 무녀도의 밤은
참으로 아름답구나

부서지는 파도와 흔들리는 조약돌
어우러지는 하모니

하늘엔 별빛
바다엔 쌍둥이 빛무리
뉘 있어 만들 수 있으리오

내 마음 저 별 따라
한없이 날고 있는데

무엇이 있어
나를, 내 가슴을
속세에 얽매겠느냐

나와의 대화

까만 밤 어둠을 뚫고
자전거 페달을 힘차게 밟아 봅니다

가슴을 시원케 하는 바람과
하늘을 수놓은 예쁜 별들을 벗 삼아
힘차게 달려 봅니다

나와의 대화를
나와의 약속을 되뇌어 보면서

소중한 인연과
내 마음의 흐름을
온전히 맡겨 둔 채로
까만 밤길을 힘차게 달려 봅니다

남아공 여행을 마치며

여행 마지막 날

차 박물관에서 백 년 넘은 차들과
위그노 마을 프랑스인들의 삶을 엿보고
와이너리에서 포도주 시음으로
심신을 풀며
역사박물관을 둘러봄으로
남아공 여행을 마무리합니다

우연히 동행했던 네 쌍의 부부와
여행 내내 살뜰히 살펴주던 민박집 부부가
헤어짐의 아쉬움을 담아
정성껏 마련한 만찬을 환송연 삼아
와인 한 잔에 소중한 정을 나눠봅니다

겨울 테니스

볼 가에 스치는 바람이 차갑지만
가슴의 상쾌함은 더해 가고

파아란 하늘에 떠오르는 태양이
꽁꽁 언 귓불을 녹여 주니

힘찬 라켓의 움직임에
노랑 공의 속도는
더욱 빨라집니다

이마에 흐르는 굵은 땀을 보약 삼아
넓은 구장이 좁은 듯이
가쁜 숨 몰아쉬며 뜀박질합니다

새벽 운동

귓불에 스치는 새벽바람에
아직 쌀쌀함이 남아 있네요

강력한 스매싱에 환호하고
어이없는 실수에 아쉬워하네요

라켓과 함께 내뿜는 열기와
온몸을 적시는 굵은 땀방울은

의지와
열정과
젊음을
동행하자 하네요

출근길 상념

자전거 출근길을
갈대와 냇물이 반긴다
꽃이 반기고
사람이 반기는구나

나는
깨끗한 모습이 좋더라
밝은 모습이 좋더라
웃는 모습이 좋더라

물도 그렇고
산도 그렇더라
꽃도 그렇고
사람도 그러하더라

보고픈 손자들

시원한 바람 따라
활짝 핀 꽃길을 달려갑니다

멀리 보이는 파란 하늘과
하얀 구름 속에 손자들이 있지요

밝게 웃는
재아 얼굴이 있고
재서 모습 보입니다

우리 이쁜 천사들
잠비아의 추위에 어깨 웅크리지 말고
따뜻한 할아비 나라에 와서
맘껏 뛰놀고 뒹굴며
추위 피해 가려무나

송이 찾아

모처럼 찾은 산
고요함에 숨을 고른다

혼자 산속을 헤맨 지
얼마나 지났는지조차 모른다

신발 밑창 어디론가 사라지고
송이와의 데이트 희망
또한 희미해진다

난이라도 붙여볼 생각으로
고목 하나 주워들고
하산 길 계곡물에 발을 담그니
심신이 깃털만 같구나

세월

누렇게 변해가는
벼 이삭 바라보며
시간의 가파름을 느낀다

우리네 인생은
어떻게 변했을까 돌아본다

더 넓게 보고
더 깊이 느낄 수 있는
그런 가슴 보듬었기를 빌면서

한가위 보름달

시원한 밤바람 친구 삼아
무심천 길을 걷는다

한가위 둥근달을 기대하며
마중 나간다

새색시 마냥 부끄러운지
고운 자태 드러내지 못하고
살포시 내밀 듯한 얼굴 애처롭구나

자정 넘어 까만 밤엔
활짝 웃는 모습 볼 수 있으려나

회갑 여행

열 서넛 살에 만나
잔정 쌓았던 동무들

이제는
하얀 머리
볼록한 배 안고

회갑 여행 떠난다고
흥분된 모습 감출 줄 모른다

어린 시절의 추억
학창 시절의 회상
개구쟁이 옛 얘기에

그때의 감성
가슴 속에 온전히
간직되어 있음을 느낀다

동창생

바위 공원 왔으니
인증 사진 박아놓자
얼른 모여라

얼굴 커 보이니
여자들이 뒤로 서야지
아니야 키가 크니
남자가 뒤로 가자

달 꽃 같은 얼굴 가린다
앞줄 무릎 굽혀라

누가 젤 멋졌는지
누가 젤 예뻤는지
십 년 후에 다시 보자

하하 호호
옛날이나 지금이나
다들 모이니 어린아이가 되는구나!

트렌스젠더 쇼

네가
정녕 여인넨가?

네가
정녕 남정넨가?

곱디고운 네 모습
그 가냘픈 허리

백번을 둘러 봐도
남정네라 믿을 수 없구나

추수

깊이 숙어진 벼 이삭 무게에서
대풍을 기대하는 환한 농부님들의 얼굴에서
깊어 가는 가을을 본다

누렇게 변한 황금빛 들녘에
콤바인 바쁜 소리 끊이질 않는다

파아란 하늘과의
아름다웠던 조화

무엇이 대신하고
또 어떻게 변해 갈는지

철 지난 꽃

철부지 영산홍
계절을 잊고 활짝 피어
고운 자태 뽐내고 있네요

기온이 많이 낮아졌지만
곳곳에 숨어 피는
야생화의 예쁜 모습을 보며
생명의 강인함과
굳건한 의지를 배웁니다

비 오는 가을날에

비 오는 날에는
어린 날들이 그리워진다

비 오는 날에는
아버지가 보고 싶다

비 오는 날에는
마음이 아려 온다

비 오는 날에는
잠시 쉬어 가고 싶다

비 오는 날에는
나를 돌아보며 새로운 의지를 다져본다

어머님 생신날에

어머님 귀한 생신일
자식들 모두 모였구나

맛난 음식도 좋고
시원한 바람도 좋구나

속세를 떠나 확 트인 바닷가에서
마주 보고 웃는 모습 또한 좋구나

모든 것을 감춘 밤바다
시름 함께 덮을지어다

구월의 하늘

높고
맑은
파란 구월의 하늘

아름답게 펼쳐진 새하얀 뭉게구름
살포시 품어 안은
한 폭 그림인가

먼 산마루와 오묘하게 어우러진
비췻빛 하늘

삶에 쫓긴 웅크린 마음
포근한 저 하늘에
활짝 펼쳐 보자

오늘보다 큰 보람 느낄
내일이길 소망하며

열정

머나먼 땅
아프리카의 나라 잠비아

늘 눈앞에 아른거리는
귀여운 손자들

그 아이들에게
혼자서도 자유롭게 오가고 싶다고

울 마마님
늦었음을 아쉬워하며
시작한 영어 회화 공부

눈 뜨면 시작하고
틈만 나면 되풀이
시간 가는 줄 모른다

귀여운 손자들을 위한
그 열정에 놀라고
꾸준함에 놀란다

밤하늘

노오랑 은행잎이
가로등 불빛에 반짝이고

별과 달이
까만 밤하늘을 수놓았네요

손끝 시린 차가움이
어눌케 하지만

가쁜 내 마음은
노랑 은행잎과 함께

저 넓은 하늘 속으로
긴 여행을 하자 하네요

안타까움

늘 보고 싶은 귀여운 재아

잠깐의 영상 통화 후
"할아비 보고 싶다
할미 보고 싶어 눈물이 날 것 같다"는 말에
마음이 아려 오고 눈물이 차오른다

"눈물 참으며 긴 숨 내쉰다"는 말에
아린 가슴을 누르며
삶의 의미를 되새겨 본다

일상의 얽매임
틀에 맞춘 시간
나에게 어떤 의미이고
어떤 가치인가를

공허의 아름다움

잎새 떨어져
앙상함만 남은 가지

그 앙상함은
진정 고독뿐이려나

쓸쓸함 중에 도드라져
지저귀는 저 새는

또 다른 사랑 엮어 나갈
공허 속의 아름다움이려니

이 계절
고독함 속에

문득
싱그러움이 찾아 드누나

묵향

오늘 밤
나와 함께 하는
그윽한 묵 향기는
고향 마을 어귀의
평온함을 전하는 듯하고

오늘 밤
내 곁을 지키는
보드라운 붓끝은
한없이 다감한
엄마의 손길만 같구나

오늘 밤
코끝에 스며드는
달콤한 묵향을 따라
어린 시절 파고들던
엄마 품의 포근함에 젖고 싶다

제목 : 묵향
시낭송 : 박영애
스마트폰으로 QR 코드를 스캔하면
시낭송을 감상할 수 있습니다.

묵향

오늘 밤
나와 함께 하는
그윽한 묵 향기는
고향 마을 어귀의
평온함을 전하는 듯하고

오늘 밤
내 곁을 지키는
보드라운 붓끝은
한없이 다감한
엄마의 손길만 같구나

오늘 밤
코끝에 스며드는
달콤한 묵향을 따라
어린 시절 파고들던
엄마 품의 포근함에 젖고 싶다

함께 하렴 아

산책로 모퉁이
바위틈에 피어난
가녀린 철부지 꽃아

세찬 바람
어이 견디려
뚱딴지 짓 하였는가

차디찬 눈보라
어이 피하려
철부지가 되었는가

바위 위에 서성이는
늘 푸른 소나무야
그 아픔 어이 보려고 부추기는가

비바람 막아 주고
눈보라 방패 되어
모진 사랑 함께 하렴 아!

함께 하렴아

산책로 모퉁이
바위 틈에 피어난
가녀린 철부지 꽃아

세찬 바람
어이 견디려
뚱딴지 짓 하였는가

차디찬 눈보라
어이 피하려
철부지가 되었는가

바위 위에 서성이는
늘 푸른 소나무야
그 아픔 어이 보려고 부추기는가

비바람 막아 주고
눈보라 방패 되어
모진 사랑 함께 하렴아!

시를 품다

십일월의 마지막 날
부슬비가 내린다

옹기종기 둘러앉은
사랑하는 사람들

한 잔 술에
벗을 얻고

두 잔 술에
세상을 어우르며

석 잔 술에
시를 품으니

무엇이 있어
이보다 자유로우리오

또한,
무엇 있어
내 마음 매오리까?

마지막 잎새

겨울 온줄 몰라 하고
가지 끝에 매달린
가여운 마지막 잎새야

먼 끝이라서
사랑 고팠더냐
외로운 잎새야

다한 인연 부여잡은
그 손 놓자 꾸나
서글픈 잎새야

수레바퀴 돌아
다시 만날 때에는
영롱한 사랑 고대하면서!

혼돈

오늘도 어김없이 산길을 걷는다.

성난 군중들의 고함 같은
세찬 골바람 소리

내 뭇 적어짐을 한탄하듯
들려오는 낙엽 밟힘 소리

자신의 가치만을 부르짖는 듯한
나무 부딪히고 부러지는 소리

어지러워 머리 드니
또한 있었구나!
나지막한 소리

방해하지 않고
방해받지 않을 만큼
속삭이듯 작은 소리

속삭임에 진정되어
들뜬 가슴 쓸어내린다.

사우나

온탕에 앉아 주변을 둘러본다
부족한 이도 넘치는 이도 없고
높고 낮음도 없구나
모두가 벌거숭이일 뿐

자수정 사우나실에 들러
굵은 땀방울을 쏟는다
갖가지 탐욕스런 마음도
완벽함에 대한 갈구 또한
흐르는 땀과 함께 조용히 내려놓고

냉탕에 옮겨 앉아 두 눈 감는다
온몸이 차가워진다
가슴이 시원해진다
머리가 상쾌해지는구나

치장에의 번뇌도 깨끗이 씻어내고
밖으로 나선다.

하늘도 파랗고
햇살도 더욱 빛나는구나
조용히 마음 비워 놓았듯이

병신년

부르기도 조금은 민망했던
병신년 한 해가
조용히 물러가려 합니다

육십 년 후에나 다시 올
긴 여운 남겨둔 채 가려 합니다

누군가에게는
진한 그리움 남겨 놓고
조용히 물러갑니다

또 누군가에게는
환희와 기쁨 듬뿍 주고서
조용히 물러갑니다

바쁘게 달려온 시간
미련 남기지 않고 물러갑니다

정유년 새해에
모든 것 맡겨 둔 채로
조용히 물러갑니다

바람이 분다

바람이 분다
귓불 애일 듯이
코끝 얼릴 듯이
매서운 바람이 분다

옷 벗어 놓아
앙상함만 남은 나뭇가지
긴 세월 어이 견딜까
애달파 우는구나

감싸줄 이 없는가
바람 재워줄 이 없는가
이 악다물고 참아 보자꾸나
서러운 나뭇가지야!

보고 싶구나

바쁜 일상에서 벗어나
잠시 한가해지는 시간
잠비아에서 보내온
귀여운 손자들의 최근 동영상을 봅니다

아웅다웅 싸우던 모습이
어느 사인가 바뀌었네요
도와주고 나눠주는 모습으로

다섯 돌도 안 된 큰아이
동생 손을 꼭 잡고
같이 가자고 합니다

아직은 어린 녀석이
영어로 쓰인 글을 읽고
우리말로 얘기해줍니다

옆에 있으면
손주들 좋아하는 과자라도 사줄 텐데
곁에 있으면
목말 태우고 춤추며 놀아줄 텐데

오늘도

생글생글 웃는 모습에

마음은 루사카에 가 있습니다

첫눈

잿빛 하늘이 선물을 줍니다
하얀 선물 살포시 내려 줍니다

독선과 자만 씻으라고
욕심과 질투 덮으라고
고통과 절망 내려놓으라고
선물을 내려 줍니다

온 누리가
우리가 모두
하얗게 덮였으면 좋겠습니다

하얀 세상에
사랑의 정원 꾸며봤으면
믿음의 성 쌓았으면 좋겠습니다

가려 하는가

붉은 원숭이 뛰놀던 무대
조명이 스러지려 하는구나

많은 이에게 희망을 안기었고
많은 이에게 슬픔을 주었던
또 많은 이에게 아쉬움 듬뿍 남긴
붉은 원숭이 떠나려 하는구나

이제 가려 하는가
얽히고설킨 실타래 남겨두고
살며시 사라지려 하는구나

붉은 원숭이
흔적 지우지 못하고
육십 년을 기약하며
먼 길 떠나려 하는구나!

살며 사랑하며

여보~~하고 부르면
고운 얼굴 붉혀
시댁에서는 그렇게 부르지 말라며
한없이 수줍어하던 사람

집에 큰일 있으면
퇴근 후 같이 가자는 손 뿌리치고
먼 산길 서둘러 걸어가던 이쁜 사람

녹록지 않은 살림에 보탬이 되겠다고
아이들 업고 끌며 옷 보따리 들쳐 메고
관사 곳곳을 찾아다니던 애처로웠던 사람

남에게 아픈 말 하지 말고
조금은 손해 보는 듯 살아야 한다며
아이들 따뜻이 훈육하던 착하디착한 사람

사는 동안 한 번도 다투지 않았다고
늘 말해 왔지만
그것이 저 이쁜 사람의
양보였음을 어찌 모르겠는가

살면서, 자식들 키우면서
큰 걱정 하지 않았음이
저 현명한 사람의
지혜였음을 어찌 모르겠는가

아직은 많이 남은 여행길
무엇에 쫓기리까
잡은 손에 고운 정 듬뿍 담아
사랑 노래 부르며 여유 있게 가봅시다

제목 : 살며 사랑하며
시낭송 : 박영애
스마트폰으로 QR 코드를 스캔하면
시낭송을 감상할 수 있습니다.

재회

붉은 닭이 울려 하느냐
힘차게 홰를 치며
높이 날고자 하는가

느긋이 오라 했거늘
반갑지만은 않다고 했거늘
성큼 다가섰는가

짧은 만남 후 헤어진 세월
마땅히 이룬 것 없이
벌써 육십 년이 되었는가

이번 만남은
우리의 의지로
너와 나의 땀으로
작은 의미 남겨 보자 꾸나

이제 다시 만날 기약 없으니
가쁘게 왔지만
여유 있게 가세나
붉은 닭이여!

선물

소한 지나
대한 가는
엄동설한의 계절

시절의 어지러움을 아는지
자연이 애잔한 선물 줍니다

웅크린 어깨 펴라고
잔뜩 굳은 얼굴에
미소 한 점 지으라고

아지랑이 피울 것 같은 온화한 바람과
따사로운 햇살을 내려 줍니다

겨울 하늘

겨울 아침
하늘이 이쁘다
맑은 하늘이 너무 이쁘다
파랗게 물들인 하늘이 참으로 이쁘다

사이다 톡톡 터지듯이
가슴을 시원하게 터트릴 듯한
너의 모습이 참으로 이쁘구나!

수처락(隨處樂)

꽃을 보면
가슴에 향기 담아
삶에 고운 모습 그려보고

하늘 보면
머리에 끝없는 여유 담아
환한 미소 지으며

넓은 바다 보면
마음 가득 사랑 담아
이웃에게 전하고

새를 보면
자유로운 영혼 담아
세상을 밝혀 보자꾸나

어느 곳에 머물지라도

가고 싶다

하얀 눈 덮인 산길을 오르며
예쁘게 눈꽃 단장한 나무들과
도란도란 이야기 나눈다

벌판에서 연 날리던 즐거움을
꽁꽁 언 얼음판에서 썰매 지치던 이야기를
야산을 뛰어다니며 토끼 몰던 무용담을

너도 그랬었니
나도 그랬었는데

손등이 갈라지고
입술이 터져도
온 세상이 내 것이었음을

다시 갈 수 있으려나
온 누리를 뒤덮은 백색의 눈처럼
순수했던 어린아이의 마음으로
아련한 추억 속 그 시절로

갈등

난
저 파아란 하늘 있어 그저 좋은데

넌
뭘 그리도 애달파 하니

난
저 넓은 하늘만큼이나 여유로운데

넌
무엇에 그리도 쫓기는 거니

난
저 하늘 훨훨 날고 있는데

넌
오늘도 속박을 찾아 헤매는 거니

또 이렇게
또 다른 나와
다투고 있는가?

어이하리

화사한 배꽃 향해
쉼 없이 날개 저어
새하얀 가슴 섶에
살포시 내려앉은 호랑나비

가냘프고 청초한 꽃잎
햇볕에 바랠세라
비바람에 날릴세라
애달픈 맘 어이하리

가슴 속 카메라에 오롯이 담아 두고
곱고 예쁜 사랑
영원토록 엮어 가렴 아

조화의 아름다움

검정 먹물 듬뿍 찍어
하얀 화선지 위에
한 획 한 획 힘차게
내려긋는다

그윽한 묵향과 함께
공간의 여유를 즐기며
화려함보다는 짜임새를
섬세함보다는 조화를 추구한다

찰나의 순간
수많은 타협과 양보를 교환하여
마침내 점 하나 갈무리하며
아름다움을 완성한다

우리네 삶의 모습도
도드라진 멋짐보다
여유와 어우러짐을 통해
더 큰 가치 찾길 갈구하면서

사랑의 나래

젊음이 튄다
환한 미소 춤춘다
사랑의 꽃비 휘날리누나

애심의 터널 위에
행복의 오색 무지개가 피어나는
무심천 낭만의 길

저 하늘 달무리가 반긴다
꽃바람이 응원하고
너와 내가 꿈의 나래를 펼치누나

염원

한밤중 장독대에 촛불 하나 밝혀놓고
아픈 자식 빨리 낫기를 바라는 간절한 마음 가득 담아
울 어머니 빌고 빈다

꽁보리밥 몇 술 뜨고
온종일 뙤약볕에 고생하신 울 어머니 안쓰러워
끝내기를 간청해도 쓰러질 듯 쓰러질듯하면서도
꺼질듯한 촛불 다시 일 듯 끊임없이 이어진다
주무시길 재촉해도 소용없다

둘째 손자 희소질병 진단받고 애간장 끊어지는 아려움에
인제야 그 애달픈 심정 알 것 같아
가슴 깊이 촛불 하나 모셔두고
신이 내리는 기적이 찾아오길 지성 다해 염원한다

사랑

사르륵사르륵
여린 생명 희망의 싹틔움 소리가 들린다

고운 햇살 살폿한 입맞춤에
수줍음 가득 환한 미소로 인사하고

살랑대는 솔바람의 간지럼에
녹색 향기 나누어 반가움을 전한다

곱게 받은 벅찬 사랑
지나는 길손에게 시원한 그늘 되어
온전하게 돌려주리라

연분홍 사랑

소소리바람 채 사글지 않았건만
누구에게 봄소식 전하기 위해
뒷동산에 살며시 찾아드느냐

애달피 찾는 임 누구이길래
연녹색 저고리 입기도 전에
서둘러 발그레 고운 모습 내밀었느냐

화려한 자태로 단장도 않고
감미로운 향기도 내려놓은 채
바람난 벌 나비를 어찌 유혹할거나

그래도 넌,
온 산야를 붉게 수 놓으며
뭇 시인들의 사랑 듬뿍 받으니
그 뉘의 행복이 너만 하리오

초록의 환희

온 대지를
초록색 어린 천사들이
자리 잡아 가고 있구나

너는,
1973년 봄에도
그렇게 다가왔었지

모진 전투훈련으로
하나둘 쓰러져 갈 때도
너는 그렇게 다가왔었지

살며시 찾아와
어느새 주변을 빼곡히 채운
너와 마주할 때면

언제나
온몸과 가슴으로
벅찬 희망 용솟음침에 전율한단다

제목 : 초록의 환희
시낭송 : 박영애

스마트폰으로 QR 코드를 스캔하면
시낭송을 감상할 수 있습니다.

내 사랑아

나이 들어 노안 오니 글씨 읽기 어렵구나
핸폰카로 찰칵 찍어 큼지막게 확대하니
어얼씨구 저 얼씨구 신세계가 따로 없네

신제품이 쏟아지고 설명서가 넘쳐나도
필요할 때 옆에 없어 아쉬운 맘
큐알코드 스캐너가 친절히도 안내하네

전자기술 발달함에 복잡해진 생활용품
방심한 틈 고장 나니 이 설명을 어이할까
사진 찍어 전송하니 어얼씨구 간편하네

어화둥둥 내 사랑아
네가 있어 행복하다

반가운 소식

경쾌한 전화벨 소리에
휴일 오후의 나른함에서 깨어나
반가운 통화를 한다

한국서예협회 사무국인데
2017년 전국단재서예대전 출품작이
대상에 선정되었으니 현장 휘호에 참가하란다

어안이 벙벙해 옴에
내 작품이 맞는지 확인하고
순간 기쁨에 젖는다

하나 잠시 후,
영광의 환희를 즐기기에 앞서
무거운 책임감이 엄습해 옴에
지난 몇 년의 붓 길을 되돌아본다

이제 서예인의 긍지를 가지고
한국서예협회 회원으로서
부끄럽지 않은 마음을 바탕으로
작은 역할에 충실하리라 다짐해본다

노를 저어라

거친 바다를 헤쳐나가기 전
너와 내가 손을 잡고

푸른 하늘과 바다가 맞닿는 곳
수평선 너머 저 먼 곳을
모두 함께 주시한다

머리에 시어를 담고
가슴엔 시향을 품어

바다 건너 미지의 섬을 향해
우리가 맞잡은 손과 손에
힘 모아 노를 저으면
초록 물고기 만선을 이루리라

추억을 그리다

앞산과 뒷동산이 병풍인 양 포근히 둘러싸인 곳
사시사철 수통골 계곡물이 휘돌아 흐르는 동네
꿀 찾아 벌 나비 날아드는 아름다운 내 고향 화산골

계곡 따라 돌 들추며 가재 잡던 개구쟁이들
버찌와 진달래꽃 따 먹으며 허기 달래던 소꿉친구들
소 꼴 베고 나무하던 고단함에도
둘러앉아 깔깔대던 내 친구들아

먼 산 진달래 피어날 때면
밝은 꿈 키우던 그리운 고향
천진스레 다정했던 친구들이 보고파져서
어느샌가 내 마음은 화산골을 서성이누나

실패를 넘어

출발선에서 마음 졸이며 서 있다
신호탄 소리에 맞춰 힘차게 달려나가
탄력받은 공처럼 힘차게 튀어 오른다

장대를 던지고 새처럼 가볍게 날던
솜털 같은 옷깃에 스친 바(bar)가 떨어지는 순간
가슴속에 아쉬움과 절망감은 밀려오고
내 몸도 매트 위로 무겁게 떨어진다

눈을 질끈 감고 생각한다
바(bar)가 없었다면 내가 겸손할 수 있을까
다시 일어나 더 크게 날갯짓하겠다는 다짐을 할 수 있을까
버드나무 늘어진 가지처럼 축 처진 어깨를 편다

다시 장대를 움켜쥐고 도전이다
넘어져도 다시 일어서는 오뚝이처럼
떨어져도 다시 튀어 오르는 공처럼
태양을 향해 오늘도 힘차게 달리며 날아오른다

백화산

청풍명월의 고장 청주 동녘에
나지막이 자리 잡은 아름다운 산
푸른 솔과 굴참나무 두 팔 벌리어
찾는 임 반가이 맞이합니다

솔새들 노랫소리 귀를 홀리고
수목들은 온갖 자태로 눈길을 끌며
골 따라 불어오는 시원한 바람
이마에 흐른 땀을 식혀줍니다

품에 든 이에게 포근한 사랑방 되어 주고
기쁨과 건강을 덤으로 안겨 주는
상당산성과 나란히 자리 잡은 정에 겨운 산
오늘도 환한 웃음을 살포시 선물합니다

봄 이야기

돋을볕 고운 봄날 해뜰참에
뿌려 놓은 씨앗 궁겁하여
호미 하나 챙겨 들고 발걸음 한다

따사로운 날빛 따라 올망졸망 싹틔운
열무며 골파 강낭콩
이쁘기도 하다

밭 가온에 옹기종기 모여 앉아
도란도란 수다 떠는
새싹들의 쉼 없는 이야기
참살이도 하다

바람에 누울까
달구비에 처질까
애태우는 여름지기를 위해
굳세게 버텨내어 알차게 여름 맺으리

별과 함께

오늘 밤 무심천 냇물에 비친
별빛이 살포시 웃음 짓네요

하늘에 반짝이는 쌍둥이 별이
달도 구름도 쉬러 갔으니
친구 하자 합니다

서둘러 갈 곳 어디며
무엇을 위해 가는지 궁금해합니다

별처럼 높은 곳에 올라
세상을 내려다보며 즐겨보자 합니다

별처럼 반짝이는 밤하늘 빛이 되어
모두의 시선 끌어보자 합니다

높은 별
빛나는 별보다
포근한 별이 되고 싶다고
내 눈빛이 속삭이네요

그리움 담아

앞산 불그레 수놓아질 때면
하늘 가득 그리운 얼굴 피어납니다

부드러운 손길로 감싸주시고
포근한 미소로 반겨주시던
그지없이 다감하신 아버님 모습

또 이렇게,
빈 가슴에 이는 보고픈 마음을
은은히 흘러가는 꽃바람에 실어
저 하늘에 닿을까 살며시 띄워 봅니다.

제목 : 그리움 담아
시낭송 : 박영애
스마트폰으로 QR 코드를 스캔하면
시낭송을 감상할 수 있습니다.

회초리를 청하옵니다

산기슭 양지바른 숲 가에
올망졸망 줄지은 꺼병이 떼
먹이 찾아 이리저리 쏘다닙니다

긴 목 곧추세워 주변을 살피는
까투리와 장끼의 긴장된 모습
새끼들 다칠세라 위험할까 애태웁니다

갖가지 위험을 피할 수 있을 때까지
혼자서 주린 배 채울 수 있을 때까지
안달복달 장끼의 보살핌은 눈물겹지요

이렇듯 장끼의 사랑은 높고 높지만
어느 새끼 하나 그 지극함엔 관심도 없고
그저 뛰노는 즐거움에 신이 납니다

아버지의 사랑과 희생으로 커온 자식들
제힘으로 살아온 줄 착각하면서
아버지의 생각과 삶의 방식을 애써 외면합니다

떠나신 후에야 뉘우치는 불효자식은
저 하늘 위에서 내려다보실 아버님의
따끔한 회초리를 청하옵니다.

그리움

허허로운 내 맘인 양
까아만 밤하늘에
두리둥실 슬픈 달아

흘러가는 구름 잡고
지나가는 바람 쫓아
친구 하자 애원하렴

나도 따라 가슴속에
예쁜 손주 펼쳐 놓고
보고픈 맘 달래련다

애달픔

정들었던 군문을 떠나 올 때
영광스러운 보국훈장과 함께
기념으로 끼워 준 금색 시계

한걸음에 달려가
아버지 손목에 채워 드림에
환하게 웃으시며 기뻐하시던
인자하신 모습 아련합니다

몇 푼밖에 되지 않을 작은 시계였지만
농사일로 주름진 아버지 손목에서
유난히도 반짝반짝 빛났었지요

영원토록 아버지와 친구 하며
웃음꽃 지어 주길 바랐었는데
오래지 않아 홀연히 하늘나라로 돌아가심에
주인 잃고 홀로 남아 애달파합니다.

어디로 가려 하는가

하얀 배꽃 변색 됐다
사정없이 쪼아 대고
다그치는 벌떼들아

주변 색의 영향이니
염려 지심 내려놓자
호소하는 나비들아

다시 봐도 같은 기둥
이해 따라 다른 판단
모두에게 인정받는
합의된 가치 기준 아쉽구나

나도 양보 너도 양보
닫힌 마음 활짝 열고
여러 의견 조율하여
더 큰 이상 추구하세

꽃봉오리

영롱한 이슬방울 속에 투영된
지난 세월의 발자취

여린 꽃봉오리 흔들릴까 다칠세라
밤낮으로 보살피고 보듬은 시간

행여나 길을 잃고 헤매일까
노심초사 애태운 시간

슬기롭게 이겨내어
이쁜 꽃 활짝 피우니
얼굴 가득 웃음으로 마중합니다

돌아보니 모두가 행복이었음에
저 하늘 별님 보며 감사드려요

피자두

자주 고름 입에 물고 고개 숙여 묻네요
무엇이 그리 바빠 이제야 찾아 왔느냐고
옆에 선 싱그런 사과 녀석도
잊은 줄 알았다고 투정을 부려댑니다

일일이 둘러봄으로 미안한 마음 대신하며
서둘러 거름도 넉넉히 뿌려 주고
온몸을 괴롭히는 벌레도 잡아 주고
다툼을 일삼는 잡초 녀석도 혼내줍니다

땅거미 내려앉아 어슬어슬해짐에
다시 오겠다며 돌아서는 게으른 농부를 향해
손 흔들어 배웅해주는 기특하고 이쁜 녀석들
애정 듬뿍 담아 살뜰히 보살피리라 답례합니다

사랑을 노래하리

이은석 시집

초판 1쇄 : 2017년 6월 30일

지 은 이 : 이은석

펴 낸 이 : 김락호

디자인 편집 : 이은희

기 획 : 시사랑음악사랑

인 쇄 : 청룡

연 락 처 : 1899-1341

홈페이지 주소 : www.poemmusic.net

E-Mail : poemarts@hanmail.net

정가 : 10,000원

ISBN : 979-11-86373-76-7